Alfred Brendel

Kleine Teufel

Neue Gedichte

Carl Hanser Verlag

1 2 3 4 5 03 02 01 00 99

ISBN 3-446-19790-7

Einbandentwurf: Claus Seitz,
unter Verwendung einer Zeichnung
von Max Neumann
Satz: Reinhard Amann, Aichstetten
Druck und Bindung:
Friedrich Pustet, Regensburg
Printed in Germany

http://www.hanser.de

I.

Nein
die Köchin war es nicht

Von Teufeln

1

Den Kopf voran
kommen sie angerannt
und rammen einem ihre Hörndeln
in den Busen
falls man sich eines solchen
zu erfreuen vermag
oder sie kitzeln ihn
den Busen
mit ihren Hörndeln
daß man wiehert
und sich naß macht
bis am Ende
nur mehr ein Lacherl
eine Lacke
von uns übrigbleibt
darin planschen sie dann herum
wie die kleinen Kinder
wer hätte das
von den Teufeln gedacht

2

Am Montagmorgen
verstimmt Stechbein die Klaviere
Am Dienstag
versteckt er die Lyra
Am Mittwoch
gießt er Kollodium auf die Saiten
Am Donnerstag
bestreicht er die Tasten mit Leim
Am Freitag
frißt er die Hammerköpfe
Am Samstag
legt er Feuer ans Gehäuse
Am Sonntag
besäuft er sich mit Weinsteg
Auch Klavierteufel
haben ihren freien Tag

3

Große Teufel
Behemoths Ahrimans
verstopfen bloß die Wasserrohre
oder stecken knirschend im Schornstein
Sachkundig entfernt sie die Feuerwehr
während die kleinen namenlosen
ungehindert ihrer Tätigkeit nachgehen
Kaum wahrnehmbar
sitzen sie im Gehörgang
nagen an den Halswirbeln
oder rasseln durch die Lunge
Gezähmte Teufel
sogenannte Krampusse
sind gesuchte Tischnachbarn
An Festtagen
erschrecken sie kleine Kinder
und röten die Wange der Hausfrau

4

Am Fernsehen
liebten sie ihn inzwischen
applaudierten
wenn die Großaufnahme seines Gebisses
den Bildschirm bedeckte
Schlotternd vor ihm aufgereiht
stehen wir da
ihm zum Fraß
wobei zu vermerken ist
daß er uns jeweils nur zur Hälfte verstümmelt
etwas Weibliches in ihm
schreckt vor dem Äußersten zurück
das muß man ihm zugute halten
wenn man ihn dabei erwischt
wie er seine Tiraden und Zähne zuspitzt
Übrigens warten die Ambulanzen
startbereit vor der Tür
und sausen mit dem
was von uns übriggeblieben ist
durch die Stadt
während die Krankenschwestern
Autogramme heischend
uns gegen Starrkrampf und Tollwut impfen
Nach ein paar Wochen oder Jahren

sitzen wir wieder an unserm Arbeitsplatz
Steinway & Sons
ein Toupet auf dem Kopf
das Bein in der Schiene
aufs linke Pedal kann man notfalls verzichten

5

Dämonen
von Göttern kaum zu unterscheiden
spielen auf unseren Seelenfalten
wie Instrumentalisten
bravourös aber schmerzhaft
Wenn sie uns zwicken
dann winseln wir
wie Hunde
die hinauswollen
die Sterne anzubellen
Hündisch möchten wir sie beißen
unsere Peiniger
und beißen doch nur
in die eigene Zunge

6

Nein
die Köchin war es nicht
auch der Gärtner
kann es nicht gewesen sein
noch weniger
denken wir an die Zofe
ganz zu schweigen von Griffith
dem Butler
obgleich dessen Gesicht
einen verkniffenen Zug aufweist
Keinesfalls wollen wir die Corgies verdächtigen
die
es läßt sich nicht leugnen
bereits mehrere Kinder und Halbwüchsige
auf beklagenswerte Weise verstümmelt haben
Selbst der Gutsverwalter
ein Zigeuner
weilte zur Tatzeit
meilenweit entfernt
im Wohnwagen seiner Familie
Vollends die Annahme
es möchte der Hausherr persönlich
in die Affäre verwickelt sein
dürfen wir

da ihre Lordschaft nur ein Bein haben
als Verleumdung zurückweisen
Ein Gedenkstein
wird im Gemüsegarten
an das traurige Ereignis erinnern

7

Daß es Teufel
im Grunde gar nicht gibt
hat uns kürzlich
der Leibhaftige selbst verraten
Wir haben dies
betrübt zur Kenntnis genommen
und beschlossen
in Zukunft
uns selbst an die Wand zu malen

8

Am Ufer
liegen die Gondeln
wie gestrandete Wale
Aus den Dachstühlen am Canal Grande
dringt schwarzer Rauch
Seufzend
versinkt die Kuppel von Santa Maria Maggiore
in der Lagune
Eine letzte Explosion
zerstückelt den Dogenpalast
Die Ratten
haben die Größe von Hauskatzen erreicht
Von der Flutwelle erfaßt
plätschern sie im Innern von San Marco
und beißen die Priester
die versuchen
die Gebeine des Heiligen zu retten
Stoisch
lenkt Mario Praz die Ereignisse
und richtet
als alles vollbracht ist
seinen Blick
im Spiegel
auf sich selbst

9

Freudig
läuft er auf Dich zu
der Mensch mit dem Messer
Er will Dich schlachten
soviel ist klar
Du siehst es daran
wie er das Messer hält
beide Hände am Griff
ein Schlächtermesser
auf Deinen Magen gerichtet
der sich zusammenkrampft
bevor der Stoß
unabwendbar
Dich umwirft
Durchbohrt
stehst Du auf
als sei nichts gewesen

II.

Götter mit roten Ohren

Keine Angst
ich zerkratze Dir nicht das Gesicht
beiße Dich nicht in die Nase
presse nicht meine Handfläche
auf Deinen zum Schreien geöffneten Mund
Ein fühlendes Wesen steht vor Dir
ein Doppelwesen
soviel gebe ich zu
wobei es ganz darauf ankommt
von welcher Seite man mich wahrnimmt
ob ich schief oder gerade
schreckenerregend oder herzerweichend
ins Bild gerate
Schon die kleinste Bewegung
kann alles verändern
ein Schritt nach rechts
meine Krallen sind verschwunden
zwei Schritte zurück
ein stiller Dulder blickt Dich an
von oben färbe ich mich grün
während aus der Hocke
meine Augen satanisch lodern
Wenn die Gunst der Stunde es zuläßt
erscheine ich als kompletter Zwitter
jenen zur Erbauung
die das Ganze zu erfassen suchen

die kakophonische Gesamtidee
die mißratene Synthese
das ungeteilte
unzertrennlich auseinanderklaffende Skandalon
Du weist mir die Tür
Ich verlasse Dich kriechend
vielleicht auch hüpfend
Überall
siehst Du mich wieder

Beim Kongreß der Gottheiten
kam es zum erwarteten Eklat
Zunächst protestierten die Halbgötter
gegen ihre Diskriminierung seitens der oberen
Ränge
Dann versickerte der Wettbewerb der absoluten
Wahrheiten
in einem Sitzstreik der Einzelgötter
Schließlich fielen
mit donnerndem Getöse
sämtliche Götterfamilien übereinander her
Um ein Haar
wäre der ganze Landstrich
in einen gottlosen Zustand versunken
doch sollten wir
angesichts der Gewohnheit der Ewigen
sich zu perpetuieren
von übereilten Schlußfolgerungen absehen

In der Mythologie der Huh
haben Götter rote Ohren
Auf Kolossalstatuen
prangen ihre Ohrmuscheln
wie rote Segel

Als nach verlorener Schlacht
der König der Huh
mit roten Ohren vor sein Volk trat
schlugen sie ihn tot
Man gebärdet sich nicht wie ein Gott

So viele Beine
warum stehen sie nicht aufgepflanzt
schlenkern wohlgelaunt
oder streben im Gleichschritt voran
Aber nein
sie drängen in alle Richtungen zugleich
am Leiblichen zerrend
bis es
prosit
mit einem Knall auseinanderbirst
das Geistliche entkorkend
Da oben
flattert es
entbeinlicht

Bei Sonnenuntergang
sitzt auf seinem Galgen
der Galgenvogel
und singt
nicht besonders melodisch
kein Vergleich mit Amseln und Nachtigallen
aber mit mächtigem Ausdruck
con somma espressione
inbrünstig wie eine Kreissäge
deren Motor plötzlich verstummt
wenn die Dunkelheit
die Schlinge zuzieht

Als Joachim uns vorführte
wie man übers Meer wandelt
fühlten wir
wie in unseren Kehlen
etwas Feierliches hochstieg
Seine Zigarre in der Hand
schritt oder schwebte er
den Naturgesetzen spottend
auf wenn nicht über dem Wasser
im Einklang mit sich selbst
trocken wie ein Bückling
von der Abendsonne rosig angestrahlt
wobei wir ihm
erst kopfschüttelnd
dann unwillkürlich leise singend
mit den Augen folgen
Jetzt winkt er uns
das hätte er vielleicht nicht tun sollen
denn Max
ihm nachstrebend
versinkt wie ein Stein im Wasser
Es scheint
daß in Joachim Kräfte am Werk sind
die wir dort
am wenigsten vermutet hätten

Wohl wissend
daß er
als Angehöriger seiner Gattung
per definitionem
halb Affe halb Engel sei
beschloß Sebald
seine beiden Hälften
in Zukunft
reinlich voneinander zu scheiden
ganz Affe über dem Nabel
ausschließlich Engel darunter
eine nicht alltägliche Zweistöckigkeit
die den am Gesäß angebrachten Flügelchen
das Aussehen von flatternder
zum Trocknen aufgehängter
weißer Wäsche verliehe

III.

Man weiß nie, wo Joseph hinzielt

Bei stürmischem Wetter
verschwindet Emil in seiner Mansarde
und nimmt seine Flügel ab
Gesäubert und geölt
liegen sie auf dem Eßtisch
während er
vorausdenkend
Fenster und Stockwerke seiner Opfer memoriert
Man könnte sich irren
und den Falschen heimsuchen
Bei Damen passierte einem dergleichen kaum
ein spezielles Gedächtnis sorgt dafür
daß man Dichterinnen selten verfehlt
Dann studiert er die neuesten Literaturzeitschriften
und übt sich
auf deutliche Aussprache achtend
in der Erfindung von Schachtelsätzen
Sobald das Wetter umschlug
würde er
inkognito
auf einer Wolke lauern
und auf hübsche Dichterinnen hinabstoßen
wie ein Habicht

Als Olaf anrief
hatte ihn der Lachverein
soeben vor die Türe gesetzt
Es widerstrebe ihm nun einmal
so erklärte er mir
auf Befehl zu lachen
den Tonfall des Vorlachers im Ohr
der überdies
in den Lachkursen
nach Kapellmeisterart
die Einsätze erteilte
darüber hinaus
Charakter und Heftigkeitsgrad des Lachens
mit der linken Hand
zu übermitteln verstand
beim sogenannten Raubtierlachen
gar beide Arme in der Luft schüttelte
sodann herzlich lachend
sich ans Herz griff
schließlich zum Zeichen lautlosen Gelächters
den eigenen Mund zuhielt
Er
Olaf
lache grundsätzlich von der Leber weg
Zur Bekräftigung
prustete er los wie ein Truthahn

Leo

der Mann mit dem einen Auge
ist kein Riese
doch sitzt sein Auge
wie bei Riesen
mitten auf der Stirn
Wenn er weint
fließt alles aus demselben Spundloch
dafür weint er die doppelte Menge
das rinnt die Nase hinunter
und tröpfelt auf die Krawatte
Warum weint Leo
schneidet er Zwiebeln
ist er gerührt
oder lacht er Tränen
Nein er weint
weil er gerne könnte was wir können
schielen
und vor allem zwinkern
uns zuzwinkern
doppeläugig
das heißt mit einem offenen Auge
während sich das andere
zugedrückte
mit uns verbrüdert

Joseph ist unser Würger
Nein er mordet uns nicht
Joseph Schmölmann hat noch keinen umgebracht
Seine Kunst besteht darin
sich öffentlich zu übergeben
Man muß ihn gesehen haben
wie er
grün im Gesicht
den Mund aufmacht
und ein Strahl dringt
pünktlich auf die Sekunde
daraus hervor
Urlaub macht Schmölmann nie
das würfe ihn aus der Bahn
Faul sein
Dinge gutheißen
friedlich verdauen wie die Kühe
wo bliebe da der gesunde Ekel
die Stoßkraft
von der Zuverlässigkeit ganz zu schweigen
die den Berufswürger
von uns Sonntagswürgern unterschied
den Herauswürger
vom Hineinwürger
den Protestwürger
vom stillen Heimwürger

Anlässe
sein Innerstes nach außen zu kehren
fanden sich zur Genüge
Familientreffen
Siegerehrungen
Modenschauen
Militärparaden
Ärgernisse wohin man blickte
Im Kasino beim Mittagsbuffet
würde er sich heute produzieren
ein politischer Akt zweifellos
der die Speisenden ihrerseits ins Würgen trieb
Bald spürte es jeder
Schmölmann würgt für uns alle
seine Auftritte sind Herzensergießungen
kunstliebend ist er obendrein
auf einem guten Teppich
nimmt er sich zusammen
Ansonsten ekelte ihn
außer Sauerkraut
aber auch wirklich alles
Erschlaffe nicht
Freund
wir hängen an deinen Lippen
bis der letzte Tropfen Galle versickert
Dann rufen wir laut da capo

küssen Dir die Hand
hauen uns auf die Schenkel
und füttern Dich mit Schweinskarbonaden
damit du wieder grün anläufst
während der Saal sich mit Fotografen Schulklassen
und Kriegsberichterstattern füllt
und der Ministerpräsident
vorsorglich seinen Regenschirm aufspannt
Man weiß nie wo Joseph hinzielt

Ja die Urgroßmutter
die kennt das Leben
das macht die Erfahrung
die durch die Urgroßmutter gesickert ist
wie durch ein Sieb
unter Hinterlassung einiger Kiesel
guter Kiesel böser Kiesel
An diesen Kieseln beißen wir herum
da hat man einen Vorgeschmack vom Leben
Warum beißen wir nicht gleich die Urgroßmutter
ein wenig mürber Bauchspeck ist noch dran
Schlauer wäre es
sich ans Ohrläppchen zu halten
es zart anzunagen
Da klingelt es in der Urgroßmutter
Herein
sagt sie zu sich selbst
und droht uns mit dem Hutzelfinger

Wo kommt das her
von oben
nein von nebenan
eine Art Wimmern
dazwischen scharfe Schläge
jetzt sickert es durch den Türspalt
würmelt braunrot
über den Teppich
Lachen
weiblich
ein Lachkrampf
der Ton einer Sirene
schnell hinaus hier

Treten Sie uns bei
Werden Sie Menschenfresser
Diese zarten Brüstchen
und rosigen Rippenstücke
Ohrläppchen und Babyzehen
hülfen Ihnen mühelos
über die nächste Hungersnot
Die Fülle des Angebots
garantiert Sättigung auf Dauer
Dennoch bliebe man wählerisch
und fräße bevorzugt
wen man liebt
Vertrautheit mit der Materie
steigert den Nährwert
An düsteren Tagen
fressen wir unsere Widersacher
Huster Harpyien musikalische Sittenrichter
Hier winkt uns
neben der Genugtuung des Zerkleinerns
die heitere Gewißheit
Gutes zu tun
unserer Mitwelt zu Dank
Den Clubmitgliedern zuliebe
präsentieren wir uns stets
in leicht gepfeffertem Zustand

Sie spüren ein Gefühl der Leere
Etwas nagt an Ihrem Inneren
Neiderfüllt blicken Sie um sich
Wie gerne wären Sie ein anderer
Geben Sie sich in unsere Hand
Wir verwandeln Sie
ohne Zögern
in Ihr Gegenteil
Sie triefen
Wir trocknen Sie aus
Sie sind verdorrt
Wir stimulieren Ihre Säfte
Sie beharren darauf ein Mann zu sein
Wir verändern Ihre Anatomie
Sie neigen zur Sanftmut
Wir versetzen Sie in Raserei
Sie schielen auswärts
Wir invertieren Ihren Blick
Sie zweifeln
Wir erfüllen Sie mit Gewißheit
Sie sind verängstigt
Wir hängen Sie
an Ihren Zähnen
unter die Zirkuskuppel
Sie ruhen in sich selbst
Wir reißen Sie in Stücke

Sie atmen Gesundheit
Wir kontaminieren Sie
Sollte in Ihnen
als Spätfolge
der Wunsch aufkeimen
ein Mensch mit seinem Widerspruch zu sein
rücken wir Sie dialektisch in die Mitte
Die Zauberer und Magnetiseure des Hauses
stehen zu Diensten

Meine Herrschaften
Sie sehen hier
das noch nie Gesehene
die Kuh mit dreizehn Eutern
den Elefanten mit Schweinsrüssel
das Schaf mit Pferdegebiß
ein Dromedar auf Dackelbeinen

Geruhen
Gnädigste
ins Spiegelkabinett zu treten
Unter fröhlichem Gelächter
erblicken Sie nunmehr sich selbst
als Dackel
Milchkuh
Schäflein
Wüstenschiff
und Sau

Vollends
erweisen wir unseren staunenden Besuchern die Wohltat
sich im Saal der Illusionen
als Hyänen und Lämmergeier wahrzunehmen

Im Souterrain erwartet Sie sodann
unser mythologischer Hausrat
Posaunen Pferdefüße Dreizack und Lanze
dazu Schwäne in zweifacher Fertigung
zum Obendraufstehen als Lohengrin
beziehungsweise
zum Hineinschlüpfen als Zeus
Für die Damen stellen wir den Minotaurus
sowie
gleichfalls schnaubend
Grane Mein Roß bereit

Auf persönlichen Wunsch
katapultieren wir Sie abschließend
von der Dachterrasse aus
ins Jenseits

Eine einzige freundliche Zeile
uns täglich abzuringen
eine kleine positive Geste
den Lesern aufzutischen
das sind wir uns zweifellos schuldig

Zunächst holen wir tief Atem
und betrachten uns im Spiegel
bis wir uns richtig sympathisch geworden sind
Dann blicken wir im Zimmer umher
Ein möglichst unscheinbares Objekt muß es sein
kaum der Aufmerksamkeit würdig
das wir nun
konzentriert und innig
ins Auge fassen
ein Stäubchen vielleicht
stellvertretend für sämtliche Galaxien
Sobald wir fühlen
daß die Welt gut sei
ja geradezu wunderbar
eilen wir zum Papier
halten den Atem an
und notieren etwas Preisendes

Dann atmen wir aus
und durchblättern

die neuesten kosmologischen Nachrichten
in Erwartung des Asteroiden
der irgendwo in der Ferne auf uns zurast
wenn nicht zuvor schon
der erloschene Stern in uns
unser Schwarzes Loch
uns jeder Wahrnehmbarkeit entzieht

Klein von Wuchs
wie es sich für Genies gehört
aufrecht
mit hochgerecktem Hals
sein Körper aufschnellend beim Gehen
elastisch hüpfend
wenn Erleuchtungen ihn heimsuchten
verändert finden wir ihn heute
hinkend
sogleich hinken wir ebenfalls
wer möchte dahineilen
wenn ein Genie lahmt
Aber weit gefehlt
er zürnt uns deshalb
fühlt sich verhöhnt
als wäre es ein Buckel
den wir
schadenfroh
mit Hilfe von Kissen unterm Hemdrücken
dem Gelächter preisgäben
Dabei geriet er bloß ans Sesselbein
der große Mann
mit seiner nackten
nunmehr blaugefärbten Zehe
ein nur allzu begreifliches Mißgeschick
ein entwürdigender Vorfall gleichwohl

den er uns
seinen Zeugen
schwerlich verzeihen wird

Ein Jucken und Zucken der Fußsohlen
als hätte ein Heer von Insekten
auf ihnen Platz genommen
dazu ein Kesseltreiben im Leibesinneren
glucksend
wenn nicht knurrend wie Hunde
deren Haare sich
als stünde der Leibhaftige vor ihnen
senkrecht aufrichten
nicht zu vergessen die meterlangen
nach außen gebogenen Fingernägel
alles zerkratzend oder durchbohrend
was an Hindernissen
rechts und links
in den Weg zu stellen sich erdreistet
vorausgesetzt daß wir uns
auf dem Kopfe stehend
die Fähigkeit bewahrt hätten
rechts und links oben und unten
zweifelsfrei zu unterscheiden
schließlich die Gabe
Menschen als Kontrabässe wahrzunehmen
von kykladischen Flachköpfen gekrönt
ein Anblick
der Kenner
auch heute noch

in Begeisterung versetzt
So stellen uns
selbst die herbsten Situationen
etwas Zucker bereit

Da plagt man sich ab
ringt um Sinngebung
putzt sich dreimal täglich die Zähne
übt Skalen
turnt den sogenannten Gorilla
frei nach Feldenkrais
rettet mit eigener Hand
sieben Kinder und einen Polizisten
aus den reißenden Fluten
legt sich flach auf die Straße
für den Frieden
spendet Blut

Und das ist nun der Lohn
Passen Sie gut auf
Ich nehme ihn jetzt
Ihren Botokudenorden
und schleudere ihn auf den Boden
ich sanfter Mensch
trample darauf herum
damit Sie wissen
was ein Botokude ist
reiße das Seidenband in Stücke
schlage Ihnen das Blattgold um die Ohren
Rühren Sie mich nur ja nicht an
vor Ihnen steht DER GROSSE GORILLA

schwingt seine Arme
trommelt sich an die Brust
stößt heisere Schreie aus
wittert Blut

IV.
Als Mozart ermordet worden war

Als Mozart ermordet worden war
ahnte niemand
nicht einmal Haydn
daß kein Geringerer als Beethoven
die ruchlose Tat begangen hatte
Während einer Landpartie
da Mozart
vom Bockspringen ermüdet
im Grase ruhte
näherte sich Beethoven
als Salieri verkleidet
mit der Geräuschlosigkeit einer Katze
und träufelte dem Schöpfer der Kleinen Nachtmusik
Gift ins Ohr

An dieser Stelle wäre einzuflechten
daß es im Leben Beethovens
ein gut gehütetes Geheimnis gab
Beethoven WAR EIN NEGER
und Mozart HATTE ES BEMERKT
Nach einem von Beethovens berühmten Forte-
piano-Vorträgen
hörte man Mozart halblaut zu Süßmayr sagen
Für an Nega spülta netamoi schlecht
Nun lag er da
und das Gift gluckste in ihm

Grimmig in sich hineinlachend
schlich der junge Übeltäter davon
im festen Besitz der Tonart c-moll
die ihm
von dieser Stunde an
keiner mehr streitig machen würde

Im Jenseits
darf man alles nachholen
was man im Leben versäumt hat
Beethoven zum Beispiel
finden wir dortselbst
als Bäcker wieder
Mit der ihm eigenen
grimmigen Energie
schiebt er Teig in den Ofen
Die Ähnlichkeit seiner Sonatensätze mit Striezeln
hat bereits Tovey
in Begeisterung versetzt
wogegen Schenkers scharfes Gehör
das Mürbe Mohnbeugelhafte der späten Bagatellen
wahrzunehmen vermochte
Des seligen Meisters jüngste Tondichtung
seine »Schimpfenden Kipfel«
schimpfen
wenn man in sie hineinbeißt

Als Brahms sich in den Finger gebissen hatte
sagte er mit seiner hohen Kopfstimme
Ein netter Mensch beißt sich nicht Johannes
Dann steckte er den Finger in seinen Bart
der sich langsam rötlich färbte

Madre mia
murmelte Meyerbeer
als Maria Malibran
in einem maßlosen Moment
Metastasio
mit dem Messer entmannte

Lopatnikoff lallt
Lourié lästert
Liadow lahmt
Langsam verludert Liapunow

Wenn der Mond rund ist
stellen wir uns vors Haus
und beginnen zu heulen
Dünn und langgezogen
heult die Hausfrau
weinerlich heulen die Kinder
Ich als Hausherr
heule mit Hugo Wolf
Grüß dich Deutschland aus Herzensgrund
singe ich heulend
Unlängst packte mich ein Kammersänger in sein Auto
öffnete das Dach
singend fuhren wir durch die Nacht
er schmetterte
ich heulte
Deutschland
selbst die Polizisten nahmen ihre Mützen ab
In einem Vorort
blieb Beniamino Rosenwänge
so hieß der Sänger
plötzlich stehen
blies seine Backen auf
und sagte
Ich bin der Friedenskaiser Franz Joseph
Dann stieg er aus

und riß ein Schaf
Ich schlug mich in die Büsche
voller Nebelglanz
Goethe hatte das richtig gesehen
Deutschland
winselte ich leise
damit die Maulwürfe nicht aufwachten

Daß er der Größte war
daran zweifeln wir nicht
Keiner hatte je das Glück
seinem Spiel zu lauschen
Dennoch bleibt er
uns allen
der Maßstab
Dort oben steht er
sein eigenes Denkmal
Aus seinem Kopf wuchert der Lorbeer
durch die wundertätigen Finger
schießen Veilchen und Löwenzahn
Seine abgespreizten Hände zu küssen
versammeln sich täglich
Trostbedürftige von weither
Auf langen Leitern
kriechen sie an ihm empor
seinen Daumen zu erhaschen
ihn vor allem
der
blankgeküßt
in der Sonne glänzt
ein Lämpchen der Verheißung allen jenen
die beim Klettern nicht
von Schwindel erfaßt
in die Büsche stürzen

Auch der kleine Finger
wird heftig begehrt
Eilige
nehmen ihn für die ganze Hand
Versuche
ihn abzubeißen
beschädigen lediglich die Zähne
Wie alle übrigen Finger
ist auch dieser aus Stahl
Mit einem Vergißmeinnicht im Maul
treten wir den Heimweg an
Nie zuvor
sind uns schnelle Oktaven
so fehlerlos gelungen

Als Christo die drei Tenöre verpackt hatte
senkte sich über die Kulturlandschaft ein unnatür-
liches Schweigen
Kaum hörbar durchdrangen ein paar flehende Töne
in den Höhenregionen der Kopfstimme angesiedelt
das Sackleinen
von Opernliebhabern am Fuße der Scala
halb entsetzt halb schadenfroh registriert
wobei die Herkunft eines vereinzelten
markerschütternden Spitzentons
der Umstände wegen im Dunkel blieb
Es steht jedoch zu vermuten
daß die eben erwähnte
zu Herzen gehende
hohe Gesangsnote
der mittleren und beleibteren der drei Berühmt-
heiten zu verdanken war
deren mumienartiger Umriß
vorübergehend ins Wanken geriet
während zugleich
der Abgesandte des freiesten Landes der Welt
ein Protestschreiben seiner Regierung verlesend
für die hier stattfindende Beeinträchtigung
ja Knebelung
des Mitteilungsdranges
harte Worte fand

Als nächstes Reiseziel
wäre die bevorstehende Verpackung Robert
Wilsons und Peter Sellars'
auf halber Höhe des Kölner Doms
in graues Plastik
von allen Opernfreunden
ins Auge zu fassen

Daß man Klaviere
nicht nur kochen
sondern auch räuchern kann
hat erst kürzlich
ein purer Zufall
ans Licht gebracht
Ein Kellerbrand
im lokalen Klavierhaus
förderte überraschend zutage
daß geräucherte Flügel
nobler klingen als gekochte
In riesigen Kaminen
hängen sie nun
die musikalischen Freudenspender
wie schwarze Schinken
bevor sie
rauchgrau und würzig
den Kenner zufriedenstellen
Von der Gepflogenheit
Flügel
je nach Geschmack und Neigung
hart- oder weichzukochen
als seien sie Eier
will die Firma Bösenstein
in Zukunft Abstand nehmen

Hier sitzt er
und winkt mit seiner arthritischen Hand
die keinen Taktstock mehr halten kann
man möge aus dem Archiv
Tonaufnahmen herbeischaffen
das Gerät einschalten
Rosenkavalier Met 1974
wenn er bitten dürfte
nein nicht das Terzett
sondern gleich den Beifall
in gebührender Lautstärke natürlich
Neunzehn Minuten lang
zitterten damals die Wände
Sodann die Mitschnitte aus Salzburg und Paris
Orkane der Zustimmung
Paris wie stets der lauteste
Salzburg der längste
volle zehn Minuten länger als Nikisch
Geweint hätten die Leute damals
wo gäbe es das heute noch
geschluchzt und sich
vor der Tür seiner Garderobe
geprügelt
Die Dame
die in der Pause bei ihm eindrang
das war in Buenos Aires

und sich entblößte
der hatte er in der Folge
eine Rippe eingedrückt
monatelang noch
wünschte die ganze Stadt
ihre Rippe zu besichtigen
Man liebte ihn
keiner konnte das bestreiten
selbst die Musiker
fraßen ihm aus der Hand
Als er dem Konzertmeister
mit dem Taktstock
ein Auge ausgestochen hatte
hielt der brave Mann
ihm das andere hin
Je böser er wurde
um so besser spielte das Orchester
Bruno Walter
wäre das nie gelungen
Zum Abschluß noch
den Fidelio aus Budapest
ein akustischer Glücksfall
da hört man tatsächlich
wie
mitten im allgemeinen Jubel
die Elevin

die ihm an der Rampe
die Blumen überreicht hatte
ohnmächtig in den Orchestergraben fiel

Daß man Seufzer
im Beisein anderer
freundlicherweise für sich behalten möge
ist uns spätestens seit den Stoikern bekannt
Ausgerechnet die Musik hat sich
wie die Experten uns versichern
eine Zeitlang dieser Anstandsregel widersetzt
und das Seufzen
in den Mittelpunkt ihrer Bestrebungen gerückt
Man dürfe nie vergessen
daß wir uns in einem Jammertal befänden
dessen Weh und Ach
in Gestalt von Zweinotengrüppchen
auf das inständigste
zu artikulieren sei
Einzig gewisse Tasteninstrumente
stellten sich in ihrer Sprödigkeit
den Erfordernissen der Stunde entgegen
bis Cristofori
der Not gehorchend
das Jammerklavier erfand
Der Tränenbäche des empfindsamen Spielers
war daran
durch eine unterhalb der Tasten angebrachte
Regenrinne

Rechnung getragen
Nach einer Präsentation des Jammerflügels in Weimar
entfuhr Goethe der Satz
Lerne leiden ohne zu klagen
worauf der Kammervirtuose Johann Ladislaus Stummel
sich mehrmals bekreuzigend
dem Großherzogtum den Rücken kehrte

Die Entdeckung des Gegenteils
hat bereits das Paradies
in Unordnung gebracht
Auf den Brettern unserer Theater
praktiziert man sie täglich
Zwischen Bierflaschen und nackten Frauenleibern
wälzt im Verlies sich Florestan
Von Leporello geschoben
zieht Don Giovanni im Rollstuhl durch Spanien
Ein weißhäutiger Othello
mordet die schwarze Desdemona
Was bliebe uns
in dieser Bedrängnis
Besseres zu tun
als gleich selbst
mit dem Gegenteil dessen
was wir zu sagen wünschten
aufzuwarten
den Verfechtern des szenischen Widerspruchs
solcherart den Anreiz bietend
ohne Gesichtsverlust
wenn auch nicht in voller paradiesischer Unschuld
das Gegenteil des Gegenteils zu tun

Wie sie das wohl fertigbringen
Abend für Abend
ohne jeden Anschein der Ermüdung
ja mit zur Schau gestelltem Eifer
einer Tätigkeit nachzugehen
die sonst eher zu Hause abgewickelt wird
nämlich
sich auf offener Bühne zu lieben
vom Publikum geschmäht oder angefeuert
vom Autor des Stücks sorgfältig überwacht
wobei der Dialog nicht vergessen sei
den er den Akteuren zusätzlich aufbürdet
ein glänzender dramaturgischer Einfall übrigens
dieses Zwiegespräch über das Numinose
von den Darstellern
mit kühler Sicherheit bewältigt
Schier unglaublich
wie hier
achtmal in der Woche
Samstagnachmittage miteingerechnet
der Beweis erbracht wird
daß man
im Gewühl der Sinne
zugleich auch räsonierend
und mit aller gebotenen Klarheit
außer sich geraten kann

Wer
wie ich
die Erfahrung gemacht hat
daß Lärm die Lebensgeister hebt
der wird dem Institut für Geräuschvermittlung
seinen Dank nicht versagen
Der Besuch von Großbaustellen Eisenwalzwerken
und Formel-eins-Rennen
sowie der Niagarafälle
garantiert dem unter Stille Leidenden
Linderung im Kreise Gleichgesinnter
Asphaltbohrer und Baumsägen
stehen gegen Kaution zur Verfügung
auch mehrere Haubitzen älteren Modells
sind zum Vorschein gekommen
Für ein kleines Aufgeld
überfliegen Militärflugzeuge
nahezu den Boden streifend
die verschwiegensten Landstriche
Im Eheanbahnungsbüro des Hauses wiederum
stürzen Heiratslustige brüllend aufeinander
Auf dem benachbarten Friedhof
sind Rockmusiker damit beschäftigt
die Toten aufzuwecken
ein Vorhaben
von dem man

angesichts der fortschreitenden Übervölkerung des
Planeten
doch lieber Abstand nehmen sollte

V.

Wir sind der Hahn und die Henne

Es ist nun an der Zeit
ein Liebesgedicht zu schreiben
Den Zustand
kennen ja die meisten
Aber die Worte finden
den Tonfall die Schlichtheit das leichte Tremolo
das wollen wir uns nun endlich zumuten
Erklären wollen wir gar nichts
das wäre ein Fehler
da kämen wir aus den Widersprüchen nicht heraus
peinlich berührt
rückten die Leser von uns ab
Lieber wollen wir uns fragen
wen oder was wir eigentlich zu lieben gedenken
Frauen Kinder Hunde die Menschheit das Weltall
Ich persönlich
würde von Hunden absehen
und mich an die Nachbarin halten
mit etwas Glück
steckt in ihr eine neue Suleika
oder Laura
Wer ins Detail verliebt ist
wird sich mit einzelnen Körperteilen begnügen
dem Kinn etwa
der Kniekehle
oder der Rundung eines Busens

Groß angelegte Naturen wiederum
lieben mit breiterem Pinsel
kommandieren eine Legion von Lauren
umarmen Gott oder die Götter
Zu klären wäre schließlich noch die Machart
Wir empfehlen das Paradoxon
den Euphemismus die Aposiopese
Wenn Sie nun die Freundlichkeit hätten
mit dem Dichten zu beginnen

Schweigen wir
der Lärm ist schon groß genug
Ohnehin
hört man die eigene Stimme nicht mehr
Gestikulierend
grüßen wir uns
werfen die Arme in die Luft
schürzen
in komischer Verzweiflung
die Lippen
Wenn niemand hinsieht
wagen wir eine Berührung
das ist immer noch das Schönste
einander berühren ohne zu sprechen
Von Deinem Mund
lese ich ihn ab
Deinen kleinen Seufzer
Deinen unhörbaren Schrei

Ob er geboren worden war
mußte offenbleiben
Er selbst erinnerte sich nicht an das Ereignis
und auf die Auskünfte anderer
ließ man sich nicht ein
Vielleicht hatte es ihn längst gegeben
ehe sein Bewußtsein davon Notiz nahm
ein Kuckucksei
seinen Eltern ins Nest gelegt
ein mißratener Demiurg
kläglich in dieses Dasein verstrickt
ohne Stapellauf
und
wie man fürchten durfte
ohne Ende

Über mich selbst gebeugt
sehe ich
unscharf
mein fremdes Gesicht
Gefäß des Zweifels
Chronik des Vergessens
Mühlstein täuschender Erinnerung
über den der Atem des Wassers
gleichgültig hinwegzieht

Als die künstlichen Menschen gelernt hatten
sich wie Du und ich zu benehmen
wußten wir
daß unser Spiel verloren war
Da sitzen sie
etwas zu glatt im Gesicht
und trinken Tee
blicken einander tief in die Augen
oder krümmen sich vor Lachen
Unfehlbar
und doch mit größter Zartheit
spielen sie Klavier
reproduzieren sich diskret im Nebenzimmer
und schießen die Vögel vom Dach
während wir
Veteranen der Natürlichkeit
von den Umständen zum Äußersten getrieben
keinen anderen Ausweg sehen
als engelhaft gut zu werden
oder vielleicht doch lieber
über die Maßen böse

Neuerdings ruft ein Schwein
ein richtiges Speckschwein
täglich bei mir an
Grunzend erzählt es mir sein Leben
wühlt
metaphorisch gesprochen
im eigenen Schlamm
Gewiß liegt es rosig da
den Hörer am Schweinsohr
die Beinchen von sich gestreckt
heutzutage haben auch Schweine ihren Privatanschluß
im eigenen Koben
ein fortschrittlicher Landwirt
läßt es den Tieren an nichts fehlen
Seit gestern duzt es mich
ich duze zurück
eingedenk des Schlachtmessers
und des Schinkens
Da haben wirs doch noch besser
uns fressen höchstens die Würmer
dafür können wir
Kontinente in die Luft jagen
und Klavier spielen

Wir sind der Hahn und die Henne
Wir sind auch die kleinen Hühnerlein

Und das Ei
Wer ist das Ei
WIR SIND DAS EI
das Dotter aber auch das Eiweiß

Außerdem sind wir der Fuchs
der die Hühner frißt

Wir sind aber auch wirklich alles

Wir sind alles
Wir sind gegen alles
Alles muß endlich ein Ende haben
Der Anfang des Endes muß
ein neuer Anfang sein
Anfang eines neuen Endes
das sehnlichst anzufangen
wir herbeiwünschen
Nein wir wollen kein neues Ende
Unser Anfang
nimmt kein Ende
das
was er endlich anfängt
ist gültig
ist endgültig
Nein wir wollen
keinen neuen Anfang
Aber morden
das wollen wir

Sinnig wollen wir sein
gleichwohl unsinnig
sinnvoll
obschon voller Unsinn

Uns quillt der Unsinn
aus allen Sinnen
unsinnlich hingegen
bröckelt der Sinn

es sei denn
er besönne sich
und quölle lieber sinnlich
während der Unsinn
sich beunsinnend
nun seinerseits unsinnlich quölle
oder vielmehr bröckelte

Als der Philosoph
seinen Hörern
zu verstehen gegeben hatte
das Unsagbare
lasse sich pfeifend mitteilen
pfiffen sie ihn aus
Unsäglich
konstatierte der Philosoph
und pfiff zurück

Inhalt

Alfred Brendel im Carl Hanser Verlag

Fingerzeig
45 Texte
1996. 88 Seiten. Gebunden

Was Brendels »Texte« zu Gedichten erhebt, sind neben Rhythmus und Wortklang auch eine fein strukturierte dynamische Ebene, ein Laut und Leise, das lautmalerisch, aber auch inhaltlich erzeugt wird und letztlich doch wieder auf den feinsinnigen Musiker Alfred Brendel verweist. Höchste Zeit also, daß nach zwei – wenn auch nicht unwitzigen – Sachbüchern nun ein beinahe nur belletristisches Bändchen erschien.

Süddeutsche Zeitung – Helmut Mauró

»Brendel ist scheinbar zerstreut, gleichzeitig Feuer und Geist, Witz und innigste Empfindung... Er läßt im Humor, im Aberwitz und in der Ironie, falls wir uns nicht aufs ärgste täuschen, gleichzeitig einen Hintersinn, eine Moral von der Geschicht', eine behutsame Botschaft kristallisieren.«

Neue Zürcher Zeitung – Martin Meyer

Störendes Lachen während des Jaworts
Neue Texte
1997. 80 Seiten. Gebunden

Brendel ist ein Meister des lakonischen Tons, der schlagenden Formulierung und der rhythmischen Durchformung. Von der Verballhornung über die Selbstkarikatur bis zum Nonsens beherrscht er die Klaviatur eines Humors, der Welten öffnet, statt sie zu verschließen: »Komisch muß etwas sein / dann lache man // aber wie man lacht / das Wie des Lachens / ist wichtig«.

Neue Zürcher Zeitung – Andreas Breitenstein

Daß Brendel weit mehr als ein gründlicher Grübler, daß bei ihm die Tiefe gepaart ist mit abgründig-hintersinnigem Humor, demonstriert in der vorliegenden Sammlung auch die entwaffnende poetische Komik, mit der er auf eine reale Verwechslung reagiert. Als Brendel (wie er im Nachwort berichtet), im New Yorker Museum of Modern Art von einer Dame gefragt wird: »Are you Woody Allen?«, entstanden hieraus die Zeilen: »Nicht daß ich wüßte / sage ich / und mache mich unwillkürlich etwas kleiner / mein Name ist Karl der Große / Unsinn sagt die Frau / und schiebt sich immer näher an mich heran / Mir machen Sie nichts vor / Also wenn Sie meinen / sage ich / und fühle wie ich weiterschrumpfe / bis ich so klein bin / daß sie mich / samt meiner Klarinette / in ihrer Einkaufstasche davonträgt.«

In der Einkaufstasche sollte man auf jeden Fall auch dieses Buch davontragen, in welchem Ernsthaftes mit Leichtigkeit gesagt wird, denn es ist eine befreiende Lektüre, die der Einsicht folgt, daß erst dann eine Sache wahr ist, wenn man auch ihr Gegenteil bedenkt.

General-Anzeiger – Manfred Osten